밤새 이상^{李箱}을 읽다

김병호 시집

밤새 이상^{李箱}을 읽다

문학수첩

밤새 혼자 싼 이삿짐처럼
마음의 바깥은
애초부터 누구의 몫도 아니었습니다
비늘만 잔뜩 묻은 성긴 그물을 들고
강가로 나섭니다
시를 두고 다시 맨발로

—이천십이년 가을

차 례

시인은,

벼랑에 뿌리를 내리는 것들이 있다
돌바닥에 살을 찢는 산란기의 연어나
한 끗발로 살아온 노름꾼의 늙은 아내나
한 가지 음만 연주하는 악기처럼

뒷모습으로 자라는 것들이 있다
잎 없이 꽃 피운 나무나
새끼를 잃고 누엿누엿 무리를 좇는 어미나
말라버린 연못의 숨자국처럼

저녁에만 자라는 것들이 있다
시골 사진관 검은 커튼 앞에 놓인 의자나
항상 반음을 높게 잡아 부르던 깃발 잃은 노래나
막다른 골목 느리게 신발 끄는 소리

시인은, 가끔 환히 멎어 있는
강심의 물금처럼, 제 눈물의 갑절을
약속처럼 매달고 산다

이름 없는 풍경

내 앞에서 짜장면 곱빼기를 먹고 있는 친구는
길 한복판에서 십 년 만에 마주친 옛 여자의 뒤통수를 치
고는
곧장 달음박질쳐 왔단다

펑펑 울 일은 아니지만
한 번 더 목숨 버릴 일도 아니지만
갑자기 급소가 사라져버렸다며
친구는 서둘러 면발을 끊는다

후회나 막심 따위가 세월이나 허기와 연루된 한낮
배갈 두어 잔에 타박타박 기우는 친구가
먼 데 붉은 구름을 데불고 온다
구름 속에서 자꾸 덜거덕거리는 소리가 난다

개평처럼 한낮이 지난다
내 소관을 벗어난 안부다

나도, 그대의 소식을 기다리고 있었나
고드름처럼 차갑고 가벼운 이름 하나
마지막 판돈처럼 반질반질 윤이 난다

우리는 별이었다

장맛비 내리는 휴일 저녁
서른여덟이 한평생이 되어버린
친구가 우릴 불러 모았다

누군가를 버려두고
긴 밤을 누벼, 딱 십 년 만에 도착한 우리는
오직 늙고 단단해지기 위해 달리고 있었다

우리가 지나온 시간을 별이라 할 순 없을까

항상 반음 높게 잡던 노래가
어두운 씨앗으로 밤하늘에 묻혀 있었지만
생활은 무례했고 우리도 순결하진 않았다

오늘 저녁, 내 친구는
밤하늘 섬돌에 가난뱅이로 앉아 있다
목 쉰 고함들과
아수라 같은 빗물과 번개와

무표정한 사내 셋

지상에 남겨진 우리는
다만, 별이 진 자리만을 더듬거릴 뿐이다

한여름의 폭설

오후 2시는 고양이의 게으른 발걸음처럼
얼마나 느린 걸음을 가졌는지

서너 개의 옹이를 지녔던
천변 동시상영관의 풍경들은
어디로 서둘러 흘러가곤 했는지

마른 진창 같은 화면으로 비가 내리고
가끔 무딘 휘파람도 날았지만
관객들은 폭풍 속의 섬처럼 겨우 떠 있을 뿐

남도카바레와 사직당구당, 에덴여인숙
층층의 네온사인에 불이 들어오고서야
겨우 지상으로 내려올 수 있었던 시절

나는 천둥과 벼락의 종족이었는데
힘센 낙타처럼 툭툭 털고 일어서고 싶었는데
태양 아래 하얗게 끓어오르던

그 길들은 그새, 어디로 사라졌는지

한여름의 길들이 폭설에 묻혀
저녁보다 먼저 어두워지던 시절

사소해서 무고한 듯

사람 사는 게 다, 기적 같다는 선생은 궁금한 일도 슬프지만은 않다며 잎 진 나무 그늘에 무릎 오그리고 앉아 담배를 길게, 태우신다 처마 끝에선 무고한 씨옥수수가 가물어갔다

그새 저녁이 다 오고 가을이 데불고 온 슬하의 식구들은 서리 묻은 얼굴로 산모퉁이를 돌다 돌이 되었다가 그늘이 되었다가, 하고 울음이 따라간 발자국만 길게 파였다

고비

쉰을 훌쩍 넘긴 여자 시인이 삭발을 하고 나타났다 마음에
열이 많아서, 라며 웃었다 누군가, 연애를 해보라고 했지만
시인은 연애를 하면 집을 떠나야 할 것 같다고 했다 숨을 수
도 없고 찾을 수도 없는, 고비 사막 쯤으로

마흔을 갓 넘긴 남자 시인은 보름 전에 이혼을 했다 바람
같은 여자를 잠시 마음에 품었는데 지병으로 심인성발기부
전증을 앓아, 사랑을 하지 않으면 관계를 맺을 수 없어 그만,
부인에게 들키고 말았다고

자리가 파하고 게릴라성 폭우가 쏟아지는 거리를 걷는데,
가죽점퍼의 사내아이와 짧은 치마의 여자아이가 우산도 없
이, 핸들 꺾인 오토바이를 끌며 걷고 있었다 오빠는 오토바
이를 타면서 무슨 생각을 해? 아무 생각도 안 해, 생각을 하
면 죽어

어디쯤에서 달려왔을까, 저녁은 벌써 고삐 풀린 짐승의 거
친 숨소리를 내고 있었다

공일空日

월요일 아침
얼굴 한 번 보지 못한, 친구의 작은형
문상을 간다

뱃속 빈 짐승의 울음소리를 닮은 새벽을 지나
수도승처럼 마르고 시든 나무들을 지나

그러다가
이따금
성에 낀 차창 너머로
마흔둘,
일남일녀,
간암,
그이의 깜깜한 이력을 또박또박 더듬어보는

어제까지는 가보지 못했던 천리千里 너머의 산보

몇 날 밤, 나를 부리던 음각의 바람과

죽은 이의 단정한 안부를 맞바꾸며
함부로 섞일 슬픔도 없고
허투로 옮을 미망未忘도 없는
천리 길의 문상을 간다

오늘은 새 하나 들지 않는
빈 나무의 그늘을
온전히 거닐 수 있을까

꽃나무가 잊어버린 일

다 늦은 저녁, 아이와 산책을 나섭니다
보도블록 위로 핏자국이 뒹굽니다
아이는 사방치기 하듯 자국을 밟습니다
이리저리 생을 옮기는 나비 같습니다

마른 꽃잎 한 장, 아이를 들어 올립니다

그저 지나는 일은 어떠하냐고

신神들이 몇 장의 바람을 헤아리는 동안
번지고 스민 날들이 슬퍼져
그만, 아이의 손을
놓쳐버렸습니다

지나는 일이, 가지 않는 일인지도
모르겠습니다

저녁의 계보

바꿔 내온 잔에도 금이 있었지만
뒤돌아서는 여주인의 맨발을 보고는
말을 삼켰다

창마다 고인 저녁 밖에선
계집아이 하나가
누군가를 기다리는 모양이다

제 몸에 그믐을 새긴 잔이나
뒤늦게 이혼을 이야기하는 아버지나
무릎 오그리고 앉아 울고 있는 저 아이나

누구에게나 하나의 이름은
지우지 못한 금이다

금이 간 저녁이
당신을 지난다

섬이었거나 산이었거나 혹은
늙은 고래이었거나

해변으로 밀려와
제 몸을 쌓거나 녹이는
늙은 산

바다를 버린
가난하고 먼
나의 부족이여

수평선 부푼 단지 속에
상처 하나 없는 유적으로 누워
고향이 되고, 무덤이 되는구나

순장의 풍습은 본래 인간의 것이 아니어서
서녘의 별자리와 천둥의 호명
숨을 다한 너는 순한 죽음이
새로 저녁을 빚는구나

아무것도 아닌 얼굴로

바다가 끝나는 푸른 낭떠러지로 네가 나설 때
노을이 철벅철벅 바다를 밟고
한 생을 건너는 폭설처럼 네 울음이 뜨거울 때
헐거운 내 얼굴도 함께 불타리라

우주의 가난

마흔의 나는 다만
아이의 그늘에 한쪽 발을 적시며
매일 밤,
먼 구름의 행적만을 옮겨 적는 게
일이다

들판의 풀빛은
누굴 기다리나,
비바람에도 흔들리지 않고
바람의 깊이만 재다
녹이 슨다

늦은 저녁을 먹으며
숟가락 쥔 손을
한참 바라보다, 가끔
죽음의 앞뒤를
생각하곤 한다

생의 순간들은
항상 먼 데서 오고,
빈 마당
신발 끄는 소리처럼
별자리가 돈다

세상 끝의 봄

수도원 뒤뜰에서
견습 수녀가 비질을 한다

목련나무 한 그루
툭, 툭, 시시한 농담을 던진다

꽃잎은 금세 멍이 들고
수녀는 떨어진 얼굴을 지운다

샛길 하나 없이
봄이 진다

이편에서 살아보기도 전에
늙어버린, 꽃이 다 그늘인 시절

밤새 혼자 싼 보따리처럼
깡마른 가지에 목련이 얹혀 있다

여직 기다리는 게 있느냐고
물어오는 햇살

담장 밖의 희미한 기척들이
물큰물큰 돋는, 세상 끝의 오후

수상한 꽃나무

구내식당에서 점심을 먹다
슬쩍, 눈이 맞았다

바람 막힌 응달의 봄나무

알루미늄 식판의 미역국처럼
차갑고 피곤한 기색

젓가락으로 길게
그림자를 더듬어본다

부질없는 끼니처럼
일 없이, 봄을 건너도 되는 건지

이마 서늘한 잠에서 깨어나
흔들리는 봄나무

깨어진 금 밖으로
슬쩍, 꽃을 내어놓는다

침례교회가 있는 골목

늙고 지친 구름 한 점이 굴뚝에 걸려 있다
녹슨 청동난로에 찍힌 손자국 같기도 하고
길게 낮잠을 자는 아이의 잠뜻 같기도 한데
구름 속에서는 이따금, 큰 별들이 부딪쳐
멀리 햇빛과 파도와 벼랑이 반짝인다
그럴 때면 하늘은 깨끗한 뼈를 가진 짐승처럼
바짝 마른 여울 하나를 내놓는다

죽은 친구 집 문 앞에서
환히 멎은 물금을 바라본다
굴뚝의 낡은 둥치에서 구름들이 새어나오고
골목 한끝에서 다른 한끝을 다 걸어도
침례교회 돌담은 어두워지지 않는다

여름의 바깥

여자는 책을 읽고 있어요 은박의 제목이 문드러진 검은 표지의 양장, 성경 같기도 하고 새장 같기도 하지요

50% 세일, 붉은 글씨 너머 하루 중 가장 긴 햇살은 문턱까지만 와 닿아요 한여름의 가장 궁벽한 그늘이지요

여자는 단 한 번의 신음이나 비명도 없이 얼룩이 져요 녹슨 어항의 물고기처럼 고단하지요 어제도 그제도 여자의 책은 툰드라나 백야쯤에 머물러 있어요

사무칠 게 없거나 피할 수 없다는 뜻이겠지요

라면 하나와 달걀 하나를 계산하는 동안에도 여자는 고개를 들지 않아요 나는 생라면을 씹으며 또 저녁을 굶어요

재개발지구

노인을 붙잡아놓고 길자는 국수를 맙니다

노독이 뿔처럼 여문 저녁 기슭에 눈이 내립니다

국수 한 그릇을 비우는 동안 노인은 고개 한번 들지 않습니다

노인이 슬그머니 놓고 간 껌을 불어 길자는 저녁을 팽팽히 늘립니다

그리움도 없이 살면서 자꾸 창밖만 내다보는 병은 겨울에 가깝습니다

한자리에 고이는 일 없이 흐르는 울음처럼 눈이 내립니다

겨울이 지나면 국수집 길자네도 없습니다

편서풍

음이월의 밤처럼
이름도 없이 마음도 없이
지나가는 동백 한 가지

너의 기다란 목덜미를 견딜 수 없어
내 뼈들도 휘기 시작했다고, 하면 안 될까

사랑이어도 속삭일 수 없고
아픔이어도 말할 수 없는
검은 가지 저편의 절벽

마지막 표정을 만드는 저녁마다
누군가 그림자를 거둬들였다고, 하면 안 될까

서편에 스미는 동백 한 가지
마른 발자국 안에서 저녁을 기다린다

창 많은 바람이

목숨처럼 감싼다

단 한 번도
많은 사랑이다

사랑의 소멸

짧은 봄날에 우리는 먼 바다를 건넜다
울음 한 채를 짓고 백일홍 한 그루를 심어
귀와 입을 지웠지만, 이역의 바람은 매웠다

세간도 없고 비문도 없는 땅에서
굵게 핀 꽃처럼 피곤한 기색만 역력했다

메우지 못하고 떠나온 우물이 지워지지 않았다
어둠 구석구석을 더듬어도
남은 이름들이 떠오르지 않았다

뒤돌아 가지를 쓰다듬으면
무거운 꽃들이 흔들리고
떨어진 꽃을 주워 한나절 내내
아픔을 새겼다

가지는 오래 아파서 닳아버린 뼈
말갛게 산 것들의 남루

나무는 빛들의 무덤
떠나온 것들의 저문 강

앓다 나온 아이처럼 꽃들이 졌다
저녁비는 먼 데서 오려다 말고
사랑도 태연히 늙었다

달과 날과 밤이 낳은 파랑 속에

꽃가지에서 빈 가지로 옮겨 앉는
부리 차가운 새들
무릎을 맞대고
이마를 땅에 놓은 채 졸고 있다

검은 하늘 밑
당신 없는
꿈 없는
끝없는
흠집 같은 밤

움푹 닳은 돌계단 옆
저녁의 주인처럼 늙어버린 꽃나무
당신의 발소리로 꽃을 지운다

졸던 새들이 푸드덕 날아가고
용서 되지 않는 마음이 마음을 밀어내고
천둥이 벼락을 밀고, 죽음이 생을 밀듯

병病처럼 당신이 지나간다

빨갛게 추운 동백이
봄을 읽고 있다

서리 내린 물가의 집

주인도 보이지 않는
광화문 뒷골목 '물가'엔
길 잃은 취객만 홀로 남아
11월 첫 새벽의 서리를 맞는다

한때 사내가 경영했던 불꽃놀이는
검푸른 우주에 살살이 지고, 낱낱이 죽어
물먹은 폭죽을 든 사내는
새벽빛으로 식어 있다

제 몸에 새긴 비문을 따라
사내는 어디로 흐르는 걸까

슬픔은 노역이다

다 닳아버린 신발에 숨어
새벽길을 나서는 저 사내는
어떤 슬픔으로 새 물길을 찾아야 하나

바람과 파도와 태양과 사내를 실은 배가
서서히 나간다

서리 내린 물가의 집으로 돌아가는 어부들같이
배 한 척 지나는 자리, 천천히 환해진다

겸상

고등어의 굵은 뼈를 씹으시며
아무 말씀이 없다

뼈를 씹는 소리
살얼음 어는 소리보다 어지럽고
새벽 새울음보다 무겁다

지루한 행간이
한 줄의 추신 같아
가만히 수저를 내려놓는다

얼마나 더 어두워져야 하는지
별이 주저흔처럼 빛난다

눈을 감고 바람 속 푸른 얼룩을 더듬는다
뼈 한 조각 남지 않았다

첫눈

약국과 점집 사이의 검은 골목
새벽 눈발을 이끌고 사내가 들어선다

ㅇ자 받침의 이름을 가진
여자아이 둘이 사는 집

걷어내지 못한 소문들이
울음 참는 얼굴로 눈을 맞는

불행은 언제쯤 서먹해질까

반짝이고 글썽이는 빈 마당을
절룩이며 첫눈이 다녀간다

발자국이 지워지지 않는다

쿨럭쿨럭

꽃나무 그늘 아래에서
사내는 긴 울음을 허리에 감습니다

꽃나무에게 꽃은
막다른 골목입니다

쓸쓸한 이름 몇이 고인
저녁, 고요하고 단단한 꽃잎 몇 점이
비석처럼 내려옵니다

엉뚱한 곳에서 끝나버린 생生처럼
매번 낯선 일몰은
이곳의 관습

표정 없는 동백이
쿨럭쿨럭
겨울을 지나갑니다

버려진 화분

골목길 한가운데 패 있는
발자국 안으로
구름이 몸을 구기고 들어갑니다

눈발마저 기척을 잠그면
겨울은 밑둥만 남습니다

하루하루 늙어가는 일로
자신을 달래는 사내

먼 곳의 희미한 대답들
마저 울지 못한 울음을 오려냅니다

사내의 지갑엔 멀리 두고 온
아이의 사진 한 장
묽은 얼룩으로 남아 있습니다

누가 다녀가는지

놀이터 한켠 시소에 여섯 살 여자아이와
일흔의 할머니가 마주앉아 있다
까치발로 늙은 꽃나무에 불을 매달면
저녁 강의 물소리가 서쪽 하늘에 고인다

어린 묘목들만 남아 그림자를 거두는 시간
씨 빠진 꽃대궁의 하늘에 함박눈이 쏟아지고
시소는 녹슨 손잡이가 된다

그 무엇도, 누구의 것도, 아닌 시간이
늙은 우편배달부처럼 다녀가는 모양이다
수천의 첫 하늘이 길게 내린다

시를 신고

밤새 이상李箱을 읽는다
시에 자꾸 빗소리가 고인다

숨죽인 금홍의 울음 사이
어지러운 발자국들

빗소리는 애써 밀어낸 은유
만길 깊이에 벼랑을 쌓는다

생生은
모두 행간 바깥의 일이어서

바람이 허문 새벽의 용서

시를 신고 맨발로
여기까지 왔다

새

놀이터에서 놀던 아이가 달려와
포갠 두 손을 조심히 벌린다
어느 새의 꽁지깃이었을 법한
깃털 하나

벤치 아래 마른 나뭇잎처럼
몸을 부린 작은 새를 찾아
놀이터 안쪽 버드나무 아래에
묻어주었다

어린 시절 외가 툇마루에 날아든 깃털 하나를
조심스레 뒤안에 심은 기억 속에서
이미 생生과 환幻을 엿보았던 것일까

그때 심었던 그 흰 깃털이 자라나
눈부신 은사시나무가 되었을지도
낮달이 자주 걸리던 미루나무가 되었을지도
어쩌면 그때, 이미

내 아이에게 가닿았을지도

새는
아이의 그네를 밀어주고
아이의 무르팍 흙먼지를 털어주고
한나절 내내
아이 곁에 머물러주었다

엉거주춤

허리를 비끗한 어머니가
끕끕한 더위를 버티지 못하고
대문 꼭꼭 닫아걸고는 등목을 해달라 하기에
남세스럽게 다 큰 자식을 부려먹는다며
퉁을 놓고 버티다, 못 이기는 척
수돗가로 따라 나섰다

길고 가파른 밭고랑을 써레질하던
강마른 소의 등허리 같기도 하고
뒤안에 감또개 떨군 단감나무 같기도 한
어머니의 엉거주춤 뒷모습이 낯설어
물 한 바가지 끼얹고, 잠시 망설이는데
고목에 눌어붙은 이끼처럼 돋아나는 검버섯들
한때 처녀였고, 어머니였던 흔적들

그 흔적들 씻어내려 서둘러 알뜨랑비누로 문지르는데
뜬금없이 고목에 핀 꽃처럼 피어나는 방울들
어머니는 금세 봄꽃처럼 화사하게 부풀고

물줄기로 거품을 날리자
고목은 다시 마른 가을이 되는데

꽃이 피는 것보다
나무가 잎을 띄우는 것보다
아이의 붉은 잇몸을 뚫고 하얀 이가 솟는 것보다
어미된 목숨만큼 아픈 게 또 있을까

힘겹게 엉거주춤 앉은 어머니는
간지럽다며 연신 웃음만 삼키는데
검버섯은 좀처럼 지워지지 않고
알뜨랑비누는 자꾸 미끄러지기만 하고

풀솜을 펴놓은 듯 가볍게 둥실 뜬 구름이
건너 산 능선을 뭉개고 있었다

그새

아이와 산등성이를 내려서자
산그늘도 내려오고
저녁도 따라온다

사월의 응달은 폐가의 흔적이나 한 채 지어놓고
이 길 어느 갈피에서 나를 기다리고 있을 것이다

짐승의 기미도 사라진 숲에서
기적汽笛 같은 나무 몇 그루가
또록또록 눈을 뜨고
죄를 짓듯 꽃을 피우고

나무에 막 오르는 봉오리처럼
열세 살 여자아이 옷 위로 끼워진 단추처럼
허공에 걸린 천둥처럼
기미幾微는 감춰지지 않는다

다리가 아프다고 투덜거리는 아이를 업고

산자락까지 내려오는 사이
아이는 잠이 든다

봄의 등뼈를 베고 누워
한잠 자고나면, 그새 호호백발이 되어
이 봄을 갚지 않아도 될 성싶다

동백

언젠가 살은 듯한 봄이다

꽃처럼 피다 지는 약속과
슬픔보다 먼저 차오른 눈물처럼

봄은 왜, 다시 다녀가는지

우주의 한 기슭에서
알 수 없는 궤적과 속도로
계절이 지나고

죽음의 시늉을 하고 서 있는 꽃나무
수천 가지의 꽃들을 떨궈
벼랑을 만든다

새벽까지 잡았다가 놓아버린 시구와
허공에 팬 붉은 발자국 한 켤레

무릎을 꿇고 들여다본다

불혹不惑이 불욕不欲을 읽는 봄이다

네게 줄 이름이 없어

우두커니
늙은 나무가 꽃을 내밀고 있다

천둥을 잠그는 발소리
수척한 바람을 끌고
오늘은 어디까지 다녀오나

사랑은 닳지 않고
모퉁이를 돌아 불현듯
저녁이 오고

울 일도 없이
덜컥, 피는
붉은 꽃

늙은 나무에 기댔던 이녁들에
차가운 심장을 꺼내주지만

차마 네게 줄 이름은

아직 없어라

열하일기

새들과 바람만이 다니는 길목을
흰 뼈를 다 드러낸 채 나무들도 지켜 서 있다

수문이 열리고 우레 딸린 강물이 지나가고
마음에서 밀린 것들도 따라 지난다

엉킨 길을 새까맣게 묻고
또박또박 핀 꽃들
귀도 자르지 않고 강을 건너온 낮달이
서쪽으로 진다

바짝 마른 바람 한 줄이 지나자
수면은 무릎께가 불쑥 나온 바지처럼 부푼다

목 쉰 검은 새 몇이
물속에 뿌리를 묻고 선 나무 끝에 앉는다
사내의 자리다

온몸을 내놓고 한겨울을 견뎠던
강가의 마른 바윗돌이

멀고 먼 길을 훌쩍 떠나온
낮은 지붕의 별자리가

창밖의 남자

텅 빈 노래가 지나는 창에
거친 흉터의 바람이 이따금
이마를 찧곤 한다

마음 한 자리가 파여
아주 저물지 못한 사내

멀리 구름이 두꺼워지고
그새 늙은 창이 꽃 진 나무를 어르면
저녁은 멀리 빙하기를 건너온다

창밖의 사내가 품고 온 어둠에
가만히 손을 대어본다
손끝에서 활활 타오르는 맹랑한 아픔

우주의 깜깜한 사막을 건너는
어지러운 흙발자국들이 창에 찍히고

사내가 새로 창을 만드는 동안
짐 부려놓고 돌아가는 늙은 나귀처럼 눈이 내린다
나는 저물지 않는 허공을 한참 거닌다

강변북로

첫눈이 폭설로 내리는 출근길

편자도 없이, 재갈도 멍에도 없이
눈들은 제 갈 길을 안다

오래전의 목숨들이 이마를 맞댄
푸른 벼랑 사이
활처럼 나 있는 단단한 구절과 부드러운 거모를 가진
말 한 마리가 다가왔다
눈발이 거칠어지고 사위로 어둠이 먹물져 내리는데
옆을 지나며 나를 바라보는 텅 빈 눈동자

굵은 가지 부러지는 소리와
여울을 건너는 발소리
빈 끌채를 손에 쥔 나는
옹찬 어둠만을 바라보았다

빈 여물통 같은 새벽 하늘

앎둑앎둑한 어둠 속을 내닫는
말발굽 소리

차들이 다시 움직이기 시작하고
나는 길을 잃었다

당나귀를 위한 시간

아이 둘만 남겨놓고 간 친구가
지하철역 스크린도어에 돋는다

잊었던 이름을 또박또박 불러본다
주인 잃은 이름은
나무 한 그루 없는 들판의 짐승 같다

역사驛舍 안의 바람이 희고 검게 갈라지고
나는 밤의 한복판에 서 있다

가파른 비탈을 주춤거리며 오르는 당나귀처럼
이제는 빚더미 같은 서른보다
텅 빈 독 같은 마흔에 가까운 나이

놓쳐버린 마지막 전철처럼
친구가 버려둔 걸음과
눈먼 울음들이 스쳐 흐른다

적막하고 쓸쓸한 희망처럼

낭떠러지에 매단 마흔처럼

밤길 어느 갈피에서

친구는 나를 기다리고 있을 것이다

겹

꽃나무 한 그루
가지마다 마음을 묶었다

슬픔이 슬픔을 깨치지 못하고
어둠이 어둠을 깨치지 못하듯

잔구멍 많은 바람이
꽃 지운 뿌리마저 붉게 물들이는데

닿을 수 없고
만질 수 없어
돌이킬 수 없는

오늘은, 아무래도 내 말이
꽃나무에 닿지 않겠다

닳아버린 기도처럼
꽃나무가 뜨겁다

별들의 합창

저 별들은, 블랙홀을 통과해 나에게 닿는 사이
이미 죽었는지도 모르지만
오늘 나에게 속삭이는 말
겨울잠을 자러 간 짐승의 빈자리처럼
내 머리맡을 맴도는 철새 떼처럼
깜깜하고 서럽게 속삭이는 말

수백만 년 동안 당신에게 새어 흐른
그믐을 닮아
차마, 받아 적지 못하네

어떤 궤도

텅 빈 초등학교 운동장 한복판에 사내가 서 있다 살을 맞고 비틀거리는 짐승 같다 사내의 하루는 발을 잃어버린 새들이 맞는 낭패에 가장 가깝다

사내의 쌍둥이 계집아이들은 벚꽃이 다 져도 보이지 않는다 다섯 발자국도 떼지 못한 채 사내는 걸음을 멈춘다 지나가는 새의 그림자가 단단히 사내를 묶는다 사내는 아득한 바람 사이에 걸쳐져 있다 지워진 계집아이들의 이름도 낮달처럼 걸려 있다 사내는 제 몸이 지닌 가장 아름다운 궤도로, 이젠 제 것이 아닌 몸을 밀어본다

자전은 살아가는 징역의 슬픔, 사내의 걸음에 맞춰 지구가 움직인다

누가 이곳까지 차갑고 슬픈
저 눈을 끌고 왔을까

나무에 몸을 기대자 가지 끝에서 일제히 새들이 날아올랐
다 나무 안에서는 카시오페이아, 목단, 바다가 차례로 흔들
렸다 겨울의 이력이 또 하나 늘었다 나는 일천 그루의 기도
에 둘러싸여 잠이 들었다

잎 없이 피는 꽃이 품고 있던 고독을 생각한다 길고 긴 새
벽은 텅 비인 들판을 헤맬 것이다 어느 날 꽃과 나무도 우루
루 솟구쳐 먼 유성처럼 유랑을 펼칠 것이다 색색으로 날리
는 영혼처럼 새벽의 낭하를 지나 하나의 메아리로 남을 것
이다 다만 수척한 나무 몇이 차가워지지 않는 슬픔을 안은
채 들판을 지킬 것이다

어제 지운 나의 시구詩句는 낡은 축복이었다, 연애와 밥과
편지와 노래가 세운

창가

햇살 쨍쨍한 오후
울음으로 부푼 여자의 어깨가 무너진다

단단한 뒷모습의 남자가 사라져도
독한 악다구니 한 마디 없이, 오직
폭포처럼 제 울음에만 열중하는 여자

술렁이던 풍경 이편의 사람들은
어느새 제 몫의 평온을 거둬
여자의 울음을 썰물처럼 가두고
제 몸의 모든 물기를 짜낸 여자는
그제야 봄날 나비처럼 가벼이 카페를 나선다

여자가 놓고 간 울음만
홀로 찰방거린다

내게도 저런 모진 풍경이 있었나

여자의 자리가 노독路毒처럼 환하고 그리워

슬그머니, 여자의 자리로 옮겨 앉는다

팔월의 악기

반백의 사내가 기타를 치고 있다
포크송대백과 갈피를 오이로 눌러놓고서
자꾸만 삐치는 음을 천연덕스레 어른다

사내의 자리로 구름이 뭉친다
맞닿은 입술들, 맞닿은 심장들

높낮이 없는 노래들은
밤새 사막을 건너온 짐승의 발목처럼
시퍼렇고 무르다

늙은 마술사의 비둘기처럼
통점을 지닌 기타
저녁 아래에서만 두근거리는
심장

구겨진 입술의 사내는
구름 밖으로 창을 만들고 사다리를 놓는다

마음 느슨한 매미 한 마리
슬그머니 그늘 이편에
울음을 더한다
리아스식 합주다

우주사막

잠을 자던 아이가 갑자기 칭얼거린다
무슨 나쁜 꿈인가 싶어
얼른, 아이를 품에 안는데
다시금 온몸을 떤다

어디를 다녀오는 길일까

생이 생을 건너는 순간을
나도 다녀온 날들이 있다

허방을 딛고 떨어지는 별똥별처럼
바다보다 긴 목숨으로 시간을 밀고
아침을 얻기 전의 숨들이 고여 있는 곳

그곳을 다녀온 자들은
별을 잃고 비밀을 얻어
고아가 된다

지상에서 익힌 모든 이름들이
하룻밤 새 하얗게 세어버린다

육교

달랑 한 개 남은 홍시가
뒤안의 배롱나무 그늘까지
데불고 나섰다

새들이 시무룩이
저녁을 건너고
옥상 한 끝의 피뢰침과
깨진 화분 사이를
통성기도가 건넌다

누군가의 울음이
모래톱처럼 쌓이는
맑게 갠 서녘의
저녁 아래
노인은 잎이 다 진
나무처럼 졸고 있다

눈 쌓인 둥지의 새들은

바위처럼 산맥처럼
농담도 건네지 않는 겨울

추위는 쉬이 닳지 않고
창문은 밤새 다 늙어버릴 것 같은데

눈 쌓인 둥지의 새들은
모두, 어디로 갔을까

이기지 못할 병을 앓듯
눈이 내리는데

사라진 새들의 날갯짓만
움푹, 파인 저녁

하루 종일 노랑

후밋길을 돌아서자 화물차 한 대가 멈춰 있다
짐칸에선 오리들이 뛰어내리고
길섶에선 바지춤 잡은 사내가 뛰어나오고

낙화유수
탈주를 시작한 오리들
국도의 흙길을 가로질러
밭둑으로, 수풀 속으로 헤맨다

사내는 오리걸음으로
이리저리 헤매고
길섶이든 산기슭이든
오리들, 제 세상이다

꽥꽥거리는 노란 울음, 모퉁이에 번진다
몇이 비탈을 올라 옥수수밭으로 스미자
옥수수들은 그제서야 노래진다
몇이 밭둑을 올라 참외밭으로 기울자

참외들도 따라 노래진다

벼락처럼 열리는 노랑들
여름을 막고 서 있는 노랑들

운전사도 노랗게 뒤뚱거리지만
누구 하나 경적을 울리지 못한다

꽃놀이

혼자 꽃놀이 나온 노인이
카메라를 내민다

먼 바다의 파도처럼
양볼이 수줍다

바람의 잔뼈 같은 새들이
봄의 선한 능선을 무너뜨리고
내 이마를 스치는 사이

다시 캄캄해진 노인은 카메라를 건네받으며
꽃그늘 닮은 문턱을 건넌다

첫 새벽의 어둠을 지닌 꽃잎이
저만치에 멈춘다

꽃들은 어디로 갔나

저 소녀가 낯설지 않습니다

붉은 목소리 하나로 소녀는 오후를 채찍질 합니다

일본 정부는 위안부 할머니들에게 사죄해야 합니다

그늘을 얻지 못한 여윈 어깨의 물살과 수백의 그늘을 지닌
단단한 발자국이 서쪽으로 흐릅니다

버즘나무 환한 물길 하나, 괜찮다고 괜찮다고 뼈를 가르는
오후 세 시, 수만 번도 더 다녀온 낯선 길에 꽃이 없습니다

달의 정원

바다가 왜 내게 건너왔는지 알 수 없다 다만, 반쯤 살을 발라낸 달에 올라 돛 지운 배처럼 아이를 낳고 싶었다

주인 없는 들판처럼 꽃들이 피고, 바다 한복판을 질주하는 유성들이 자갈처럼 단단했다

우주의 한 기슭에서 처음부터 늙은 나무였던 항로들
엉킨 길들을 까맣게 물고서 그믐처럼 핀 꽃들

마른 폭풍의 고요로 숨을 열면 목성과 토성 사이쯤에 있는 꽃나무 하나, 봄의 음정들을 베껴올 수 있을까

어제, 당신이 오려낸 달이 검다

내 봄의 목련에는 문들이 많아 긴 회랑의 달빛들이 각양으로 오려지고, 내 맞은편의 바다로는 닿지 못한 고백들이 소리 없이 내려왔다

검은 자갈에 그을린 눈물 자국들

바다 한복판에 핀 우물들

여름밤을 해찰하다

서편으로 기운 밤하늘이 마른 저수지처럼
가볍고 단단하다
궤도를 잃은 별들이
밤하늘을 팽팽하게 늘이면
지상의 꽃나무와 우물은 오래된 풍습처럼
저녁을 빚는다, 폭풍 같은 고요로

오늘, 친구는 저녁이 되었다

영안실 뒤뜰에 폐허처럼 들앉은
백일홍, 그 붉은 빛을 만지면
미처 거느리지 못한 전생을 그릴 수 있을까
물 마른 강가에서 베껴온 어둠이
얇게 옮는다

절벽처럼 빛나는 밤하늘
어린 상주의 마른 곡소리는
바람 자국이 깊은 가지에 오르고

어둠을 잠그는 저녁의 먼 배들은
허공에 팬 울음 자국을 따라 흐른다

새로 단정한 저녁이 생겼다

산수유 그늘

화장터 뒤뜰에서 뛰어노는 아이들이
산수유보다 수다스럽다

모닥모닥 목련처럼 피어나는
흰 치마저고리의 여자들
피고 난 그 틈새에서 만삭의 젊은 여인 하나
노인의 마른 울음을 연신 어루만진다

긴 굴뚝 아래엔 내력 잃은 산수유 한 그루 서 있다
하늘 안 천길 깊이에 묻어두었던 박편의 노랑
수천의 꽃잎을 떨구며 죽음보다 멀리 다녀온
저 나무는 하루하루 얼마나 더 울음을 삼켜야
붉은 열매를 맺을 수 있을까

일렁이고 울렁이다, 살랑이고 출렁이는
울음 안쪽의 상처들

아이들이 사라진 자리마다 산수유가 진다
바람이 지나는 연못처럼 울음이 환하다

겨울나무 아래에서

보송보송한 잎눈을 매단 겨울나무 아래에서
오래도록 서성거려본 당신은, 알지도 몰라
지평선을 가로지르는 기적 소리와
한 계절 서쪽으로만 불어갔던 구름들이 돌아와
잎 진 가지마다 낱낱의 상처를 매단다는 것을

차가운 무릎을 꿇고 누군가의 마음을
오래도록 들여다본 당신은, 알지도 몰라
꽃나무들이 서로의 벗은 잔등에 어떻게 불꽃의 혀를 대는지
시드는 비애를 어떻게 다스리는지를

울멍울멍 새벽이, 내 늙은 사자들이
금서禁書처럼 희미해져가는 겨울
나무는 세상 끝의 비석이 된다

낯선 항해

형이 죽었다

여름이면 외양간 옥상 평상에 누워
황도대의 짐승들을 짚어주며
하모니카 음계로 별자리를 이어주던
형이, 뒤안 감나무 가지에
매미 허물처럼 열렸다

자전의 순한 방향으로 벗어놓은 가지런한 발자국은
밤새 꽃 지운 나무의 검은 잎으로 피어나고
뒷방에 숨은 어린 상주는 그믐처럼 졸고 있었다

먼 뱃길을 흐르던 형이 굳이 고향집을 찾았는지
눈먼 형수가 곡 한 소절도 안 하는지
차마 묻지 못했다

어둠 속 가장 먼 잎부터 파도 소리가 열렸다
난데없이 터진 어린 상주의 울음에서 비린내가 났다

젖은 폭죽 같은 난처한 죽음은

먼 바다의 흉터들처럼 어둡고 고요하다

꽃무덤

늙을수록 꽃이 싫지 않다는 어미는
해마다 봄이면 꽃구경 가자, 성화여서
먼 길 떠난 아들은 올해도 꽃나무 그늘에 함께 앉았는데
달짝지근한 향이 어미 가슴의 진물투성이 같아
아들은 차마, 꽃나무 속으로 들어가버리고
봄은 새끼 밴 염소의 눈빛으로
바람을 품에 넣었다, 잊었다 한다

먼 길 돌아온 아들이 한나절 내내
천둥 벼락 같은 꽃들을 피워젖히느라
그늘을 비우는 동안
봄을 지나던 낱낱의 인생들도
어미 곁에 주인처럼 앉아
골똘히 목숨 잊고 꽃구경을 하는데
다만 햇빛 닮은 맑은 발자국과
단단하고 가는 흰 가지들이
먼 강물소리를 훔친다

어둠이 내려 꽃을 지울 때까지

아들은 돌아오지 않고

새카만 염소가 비문처럼 닳은 발소리를 물고

봄보다 늙은 어미를 앞장세운다

어느 싸움의 기록

저녁의 기도 밖에서
뼈는 굽고
눈은 어둡고
젊음은 식고
사랑은 늙었다

허공에 기대어 노래를 부르던 남자는
벼랑에 뿌리 내린 나무나
절벽 끝에 집을 짓는 새의 마음을
알고 싶었을까
승리와 더 많은 패배와 반역에서
남자는, 고단한 기록만 남겼다

불과 재의 일생을 거쳐
들판과 강을 건너
저녁이 온다

햇빛과 우레, 불같은 마음과 가시 사이에서
남자는 젊고 힘센 얼굴로 저녁이 가는 길을 가리킨다

그물을 거둔 자리

새들의 덧문 같은 울음이

온몸을 묶었다

녹슨 문장을 거느린 나무들과

먼 심장박동 소리 같은 저녁 구름들

남은 햇살을 한 땀 한 땀 기우며

사내가 몸과 기억의 사이를 건너자

강기슭의 한 끝과 꽃 진 나무

사이를 늘이며 비가 내렸다

빈 강의 빗소리는 배 속 하얀 짐승의 울음소리 같기도 하고

길 잃은 별자리들의 남루한 기척 같기도 했는데

기척보다 울음보다

먼저 생겨난 물밑의 잠이 사내를 받아주었다

사내의 미소가 물여울처럼 출렁이고

구두 한 짝이 천둥소리로 흘렀다

당신의 서쪽

당신이 떠난 뒤
서쪽으로, 구름이 들어왔다
구름은 바람의 난간 속에서
거친 흉터를 꺼낸다

금 간 저녁의 밑바닥에는
뜨겁거나 차가운 별들이 있고
내가 지난 마흔이 있다

싱싱한 뿔을 부딪치며 달려가던 날들을
서녘에 단단히 고삐 묶고
하룻밤을 백년처럼, 한 사나흘 살고나면
그 마음, 돌을 낳고 나무를 낳고 구름을 낳아
내 몸이 깜깜하여 차마 열어줄 수 없었던 마음

그때 이미, 오려주었다
할까

마흔

꿈속에서 우는 날이 많아졌다

꿈인 줄 알고서도, 한참을
목놓아 울다 깨면

다시 울음이 생긴다

물고기 비늘만 묻은
성긴 그물을 들고

다시 강가로 나선다

검은 구두

고속화도로 갓길에
누가 흘리고 갔을까

굽 닳은 초승달처럼
눈물 잃은 울음을

저 울음을, 벗은 맨발은
어디를 딛고 있을까

눈물을 신으면
따라갈 수 있을까

내 울음 벗어둘 자리로

서슴없이 지워져
마른번개처럼 환하게

훌쩍, 갈 수 있을까

| 해설 |

직유와 사랑

류신(문학평론가)

> 사랑은 둘의 관점에서 행하는
> 세계에 대한 탐색이다.
> ─ 알랭 바디우

　김병호는 직유直喩의 시인이다. 잘 알다시피, 직유는 원관념에 해당하는 하나의 사물 또는 관념을 보조관념에 해당하는 다른 사물 또는 관념과 직접 비교하는 방법이다. '같이, 처럼, 마냥' 등 비교의 기능을 가진 조사가 함께 쓰이는 직유에서는 비유하고자 하는 내용이 겉으로 드러난다. 반면 은유는 비교되는 두 가지 사물이나 관념을 동일한 관계로 잇는다. 이때 서로 연결되는 두 사물 또는 관념 사이에 비유적인 의미가 내포된다. 말하자면, 은유는 '응축된 직유'인 것이다.

예컨대 '호수 같은 내 마음'(직유)이 축약되면 '내 마음은 호수'(은유)가 된다. 즉 원관념(비유되는 것, 내 마음)이 보조관념(비유하는 것, 호수)을 향하여 움직일 때 직유가 발생한다면, 원관념이 '비유의 다리'(같이, 처럼, 마냥)를 훌쩍 뛰어넘어 곧바로 보조관념에게로 정착하면 은유가 발생한다.

여기에 직유의 존재론적 비애가 있다. 직유는 은유로 가는 과도기적 존재에 불과하다는 슬픔이 그것이다. 직유가 문학사에서 줄곧 은유의 서자庶子로 홀대 받아온 이유는 여기에 있다. 일찍이 아리스토텔레스는 "은유는 디테일이 없는 직유이며, 이 둘은 서로 대체될 수 있다. 그러나 직유가 더 길고 덜 재미있다"(『시학』)고 언급한 바 있다. 직유는 은유의 부연이기 때문에는 은유에 편입될 수 있고, 따라서 직유는 은유보다 비경제적이고 비문학적인 수사법으로 폄하되어 온 것이 사실이다. 직유에 대한 테렌스 호욱스의 평가는 더욱 가혹하다. "직유는 'like'나 'as if' 구조 때문에 은유보다 더욱 그 요소들 사이에 시각적 경향을 띤 관계를 포함한다. 사실상 직유는 은유의 빈약한 친척이며, 다만 전이작용의 앙상한 뼈대만을 제한된 유추나 비교의 형식으로 제시한다."(『은유』) 직유는 비교적 단순한 유추에 의해서도 성립될 수 있는 탓에 은유보다 한정적이고 장식적인 기교에 머물 위험성이 다분하다는 지적이다.

그렇다면, 좋은 시를 쓰기 위해서는 직유의 사용을 줄이고 은유를 지향해야 하는가? 은유를 사용한 시가 직유를 대동한 시보다 탁월한가? 직유는 은유의 빈약한 친척인가? 천만의 말씀이다. 두 수사법 간의 차이를 우열관계로 인식하는 것은 잘못된 통념이다. 은유를 사용했다고 늘 우수한 시가 되는 것도, 직유를 사용한다고 세련되지 못한 작품이 되는 것도 아니다. 실례로 김수영의 「절망」과 기형도의 「조치원」은 직유가 은유보다 열등한 수사법이라는 편견을 보기 좋게 무력화시킨다. 기실 좋은 시가 될 수 있는 관건은 은유와 직유가 적시적소에 얼마나 효과적으로 사용되었는가에 있다. 비유는 기교의 차원을 넘어 인식의 차원에서 이루어질 때 비로소 진정한 몫을 발휘할 수 있기 때문이다.

여기서 한 가지 분명한 사실은, 은유보다는 직유를 생산적으로 사용하는 일이 더 어렵다는 것이다. 안일한 직유는 실질이 없는 수식修飾으로 주저앉기 십상이요, 거창한 직유는 대교약졸大巧若拙의 함정에 빠질 공산이 크기 때문이다. 참신한 시적 상상력으로 직유에 활기를 부여하기란 생각보다 녹록치 않다. 김병호는 직유와 서정이 어디서 어떻게 만나야 신선한 시적 효과를 자아낼 수 있는지를 정확히 알고 있는 시인이다. 김병호의 직유는 정치精緻하게 서정적이다. 내적 구조는 농밀하고 외적 모양새는 아름답다. 김병호 시의 매력이 발생하는 지점은 여기이다. 김병호의 두 번째 시집 『밤새 이상을 읽다』에 실린 시편 「이름 없는 풍경」은 시인 특유의 직유의 품새와 됨됨이가 구체화된 작품으로서 주목에 값한다.

　　내 앞에서 짜장면 곱빼기를 먹고 있는 친구는
　　길 한복판에서 십 년 만에 마주친 옛 여자의 뒤통수를
　치고는
　　곧장 달음박질쳐 왔단다

　　펑펑 울 일은 아니지만
　　한 번 더 목숨 버릴 일도 아니지만
　　갑자기 급소가 사라져버렸다며
　　친구는 서둘러 면발을 끊는다

　　후회나 막심 따위가 세월이나 허기와 연루된 한낮
　　배갈 두어 잔에 타박타박 기우는 친구가
　　먼 데 붉은 구름을 데불고 온다
　　구름 속에서 자꾸 덜거덕거리는 소리가 난다

　　개평처럼 한낮이 지난다
　　내 소관을 벗어난 안부다

　　나도, 그대의 소식을 기다리고 있었나
　　고드름처럼 차갑고 가벼운 이름 하나

마지막 판돈처럼 반질반질 윤이 난다

—「이름 없는 풍경」 전문

　김병호의 시세계에서 상실의 슬픔(사랑에 대한 동경)은 생의 근기根氣이자 시작詩作의 동력이다. 여기 지나간 사랑의 아련한 아픔 때문에 백주대낮 중국집에 앉아 배갈을 마시는 두 남자가 있다. 시적 화자의 친구는 십 년 만에 거리에서 조우한 옛사랑에 대한 '막심한 후회'가 유발한 실존적 공복을 채우기 위해 짜장면 곱빼기를 먹으며 술잔을 기울인다면, '나'는 지나간 사랑에 대한 '막연한 동경'이 낳은 이유 없는 슬픔에 젖어 낮술을 마신다. 친구의 처지가 처량하다면 나의 마음은 우울하다. 물론 이루지 못한 옛 사랑에 대한 회억回憶은 이제 이들에게 자신의 전부를 걸만큼("한 번 더 목숨 버릴 일") 절박한 청춘의 고민이 되지 못한다. 펑펑 울기에는 세월이 야속히 흘렀다. 낭만의 시대는 속절없이 지나갔다. 그러나 냉혹하고 엄연한 현실의 한복판("한낮")에서 이들은 최후의 암연黯然한 낭만주의자를 자처한다. 왜냐하면 '잃어버린 것에 대한 그리움'이 삶을 지탱해온 실존적 근기에 다름 아니었음을 자각했기 때문이다. "갑자기 급소가 사라져버렸다"고 말하는 이유는 여기에 있다.

　그러나 이들이 현실 저 편에서 호출한("데불고 온") 생의 낭만성("먼 데 붉은 구름")은 이내 제대로 기능하지 못한다("구름 속에서 자꾸 덜거덕거리는 소리가 난다"). 서정적 낭만이 작동할 수 없을 만큼 세상은 이미 '탈낭만화' 되었기 때문이다. 낭만은 무책임한 감상의 분출이고 현실도피의 심리의 소산일 뿐이라는 생각이 지배적인 세상에서 낭만의 붉은 구름은 너무 나약하고 무기력해 보이는 것이 사실이다. 낭만화될 수 있는 모든 가능성을 폐기시키는 합리적인 산문의 시대가 세계를 호령하고 있지 않은가? 그럼에도 불구하고, 이 탈낭만화된 현실에서 새록새록 궐기하는 한 줌의 낭만, 한 줌의 애련! 여기까지가 이 시의 전사이다. 물론 1연부터 3연까지 묘사된 서주序奏는 아직 시가 될 자격을 얻지 못한다. 이 멜랑콜리한 정한情恨의 풍경은 4연과 5연에 출현하는 세 개의 직유의 후원에 힘입어 비로소 시로 승격된다.

첫 번째 직유. "개평처럼 한낮이 지난다". 일반적으로 관용직유proverbial simile는 이미지를 강화하여 사건과 상황의 명징성을 증진시킨다. 그러나 자주 쓰여 마모된 직유('쏜살같이 세월이 간다')는 독자의 이해를 도울 수는 있어도 더 이상 참신한 시적 직유는 되지 못한다. 이는 구태의연한 강의적強意的 직유로 자족해야 한다. 하지만 '개평'과 '한낮' 사이에서 유사성을 찾기는 어렵다. 익숙하지 않은 비유가 독자를 낯설게 한다. 한낮은, 표면적으로는 옛사랑을 그리워하는 두 남자가 중국집에서 술을 마시는 시간이지만, 심층적으로는 서정적 낭만성의 구름이 팍팍한 현실을 통과하는 시간, 말하자면 마음이 구슬퍼질 정도로 외롭거나 쓸쓸해지는 시간이다. 여기서 시인은 친구의 안목처량眼目凄凉을 생의 놀음판에서 무일푼 알거지 신세가 된 자가 얻은 알량한 돈으로 비유한다. 현실로 불러낸 낭만성은 개평처럼 남루하다는 비극적 인식이 직유의 형식에 담겨 오롯하다. 현실로 호명된 낭만적 옛사랑의 서정은 곧 가뭇없이 사라질 것이다. 하찮은 개평이 든든한 종잣돈으로 전환될 가능성이 희박하듯이, 서정적 사랑의 환영은 곧 막강한 현실의 논리 앞에서 백기를 들 수밖에 없을 것이다. 그래서 시인은 현실로 타전된 옛사랑의 소식은 "내 소관을 벗어난 안부다"라고 다시 쓴다. 직유가 부연을 통해 시적 밀도를 높이는 순간이다.

두 번째 직유. "고드름처럼 차갑고 가벼운 이름 하나". 시적 화자인 나는 친구의 슬픔에 동참하면서 불현듯 자신도 옛사랑을 추억하고 있었음을 자문한다. "나도, 그대의 소식을 기다리고 있었나". 그렇다. 나는 친구와 감정을 연대하는 동지였다. 이제 시인은 '그대'라는 존재를 직유의 수사학을 빌어 명명한다. "고드름처럼 차갑고 가벼운 이름 하나". 이 직유의 구조를 엄밀히 분석해보면, 보조관념("고드름")은 하나지만 원관념은 둘("차갑고 가벼운"/"이름")이다. 고드름은 차갑고 가볍다. 원관념과 보조관념 사이가 낯익어 긴장감이 떨어진다. 따라서 "고드름처럼 차갑고 가벼운"은 한정직유closed simile이다. 하지만 "고드름처럼 (차갑고 가벼운) 이름 하나"는 낯설다. 원관념은 관념("이름")이고 보조관념은 사물("고드름")이기 때문에 조합이 어색한 면도 있지만, 둘 사이의 유사성이 부재하다는 점이 둘의 회통을 방해한다. 의미의 범주를 특정화시키기 보다는 의미의 새로운 지평을 여는 개방직유 open simile의 '낯설게 하기 효과'이다. '고드름 같은 이름'이라는 직유를 통해 유추할 수 있는 정보는 다음과 같다. 시적 화자가 호명한 옛사랑은 곧 녹아서 떨어질 고드름과 같은 운명에 직면했다는 것이다.

세 번째 직유. "이름 하나/마지막 판돈처럼 반질반질 윤이 난다". '나'가 동경하는 옛사랑의 이름은 현실의 처마에 매달린 고드름처럼 아슬아슬하다. 낭만의 열정을 운위할 수 없을 만큼 시적 화자가 체감하는 현실의 온도는 냉정하고 냉량하다. 그래서 현실로 호출된 옛사랑의 낭만은 꽃으로 만개하지 못하고 얼음으로 응결될 수밖에 없다. 이 냉동된 한 줌의 낭만(고드름)을 시인은 마지막 판돈, 말하자면 전 존재를 베팅하는 최후의 승부에 비유한다. 물론 냉정한 게임의 규칙이 지배하는 현실이라는 놀음판에서 '나'가 모든 것을 잃게 될 것은 자명하다. 이미 고드름은 녹기 시작했다. 비루한 현실의 바닥으로 추락을 준비하는 마지막 낭만의 서정은 이제 최후의 한판을 준비한다. 시인은 이 고드름의 숙운宿運을 "반질반질 윤이 난다"고 묘사한다. 압권이다. 그렇다. 직유의 성공

여부는, 직유로 이어진 두 대상을 부연하는 술어가 시적 효과를 발휘하느냐 못하느냐에 있다. 권혁웅이 적시했듯이, "은유의 생산성이 주 대상 사이의 긴장tension에서 관찰된다면, 직유의 생산성은 주 대상을 연결하는 술어작용의 긴장력에서 가늠된다."(『시론』) 곧 소멸하게 될 한 줌의 낭만(서정, 사랑, 진리)이 무정한 현실과 맞서 벌이는 마지막 결전의 의지로 고드름은 반질반질 윤이 난다. 결코 포기할 수 없는 마지막 자존처럼 낭만적 애련愛戀/哀戀의 서정은 반짝반짝 빛이 난다. 이렇게 보면 이 작품은 마지막 직유의 술어로 인해 시의 품격을 얻었다 해도 과언이 아니다. 직유의 운명은 술어에 달려 있다. 이를 누구보다 잘 간파해서 활용하는 시인이 김병호이다.

이번 시집에서 김병호 시의 개성은, 원관념과 보조관념이 단어와 단어, 혹은 구와 구 사이에서 비교되는 단순직유simple simile에서 보다는 원관념과 보조관념이 문장 형태로 이루어진 확장직유enlarged simile에서 발휘된다. 오규원 시인의 개념을 빌린다면 '대상적對象的 직유' 보다는 '정황적情況的 직유' 에서 시인은 남다른 솜씨를 보인다. 일정한 대상보다는 일의 사정과 상황이 원관념이 된 정황적 직유가 서정과 만나 윈윈효과를 창출하는 경우를 보자.

① 나무에 막 오르는 봉오리처럼

열세 살 여자아이 옷 위로 끼워진 단추처럼

허공에 걸린 천둥처럼

기미幾微는 감춰지지 않는다

—「그새」부분

② 혼자 꽃놀이 나온 노인이

카메라를 내민다

먼 바다의 파도처럼

양볼이 수줍다

—「꽃놀이」부분

③ 반백의 사내가 기타를 치고 있다

포크송대백과 갈피를 오이로 눌러놓고서

자꾸만 삐치는 음을 천연덕스레 어른다

사내의 자리로 구름이 뭉친다

맞닿은 입술들, 맞닿은 심장들

높낮이 없는 노래들은

밤새 사막을 건너온 짐승의 발목처럼

시퍼렇고 무르다

—「팔월의 악기」 부분

①의 직유는 점증적이다. 4행 가운데 3행이 직유로 구성되어 있을 정도로 직유의 비중이 크다. 세 번 연속되는 직유는 마지막 행 전체를 원관념으로 삼는 정황적 직유이다. 세 개의 보조관념 역시 모두 술어를 통해 사정이 묘사된다. 꽃봉오리는 나무에 막 맺히고(오르고), 단추는 열세 살 여자아이 옷 위로 볼록이 튀어나오며(끼워지며), 천둥은 허공을 가른다(걸린다). 1행에서 3행에 걸쳐 전개되는 의미의 확충(약동에 대한 낌새와 동정)에 힘입어 마지막 행에 나타나는 기미의 속성이 참신한 시적 생명력을 얻는다. 그렇다면 어떤 현상에 대한 조짐인가? "사월의 숲 속에서 기적汽笛 같은 나무가 몇 그루가/또록또록 눈을 뜨고/죄를 짓듯 꽃을 피우는"(「그새」) 봄의 징후! 그렇다. 계절의 변화에 대한 기미는 결코 감춰지지 않는다. 확대 해석해보자면, 세상만사 모든 일에는 변곡점이 내재되어 있는 것이다. "생이 생을 건너는 순간"(「우주사막」)이 암약하고 있는 것이다. 사건과 사건, 시간과 시간, 현상과 현상이 교차되는 변용의 기미를 간파할 때, 시인은 이렇게 노래한다.

지나는 일이, 가지 않는 일인지도
모르겠습니다

　　　　　　　　—「꽃나무가 잊어버린 일」부분

　②의 직유는 얌전하다. 여기 홀로 꽃놀이 나온 노인이 있
다. 추측컨대 부인은 먼저 저세상으로 떠났으리라. 꽃들이
만발한 공원에서 노인은 시인에게 자신을 찍어달라고 겸연
쩍게 카메라를 내민다. 새로운 생명으로 약동하는 봄의 절정
에서 죽음을 목전에 둔 노인이 자기 정체성을 애써 확인하려
고 한다. 나는 지금 어떤 모습인가? 나는 지금 어디까지 왔는
가? 나는 누구인가? 한마디로 모순이다. 그러나 노인의 고독
과 비애가 가슴을 친다. 삶은 언제나 꽃보다 아름다운 것이
리라. 생 앞에 겸허하고, 죽음 앞에 겸손한 노인의 검버섯 돋
은 얼굴에서 시인은, 역설적으로, 천진한 동심의 수줍음을
읽어낸다. 그리고 그의 살짝 붉어진 볼에서 창해蒼海에서 막
도착한 싱그러운 푸른 파도를 떠올린다. "먼 바다의 파도처
럼/양볼이 수줍다". 그렇다. 김병호 시인에게 직유는 단지
수사적 장식에 머물지 않는다. 시인에게 직유는 '인간은 죽
음으로 가는 존재Sein zum Tode'라는 인식을 시의 영토로 이
주시키는 기제이다.
　김병호 시인에게 꽃이 화려하게 피고 허망하게 지는 봄은,

생명과 죽음의 순환에 대해 참구參究하도록 만드는 계절이다. 동백꽃이 추락하는 모습을 보고 "꽃처럼 피다 지는 약속과 / 슬픔처럼 먼저 차오른 눈물처럼 // 봄은 왜, 다시 다녀가는지" 원망하다가도, 이내 "무릎을 꿇고 들여다본다 / 불혹不惑이 불욕不慾을 읽는 봄이다"(「동백」)라고 말하는 대목에서 사십 대에 접어든 시인의 죽음에 대한 진득한 성찰을 규지窺知할 수 있다.

아이 둘만 남겨놓고 간 친구가
지하철역 스크린도어에 돋는다

잊었던 이름을 또박또박 불러본다
주인 잃은 이름은
나무 한 그루 없는 들판의 짐승 같다

역사驛舍 안의 바람이 희고 검게 갈라지고
나는 밤의 한복판에 서 있다

가파른 비탈을 주춤거리며 오르는 당나귀처럼
이제는 빚더미 같은 서른보다
텅 빈 독 같은 마흔에 가까운 나이

놓쳐버린 마지막 전철처럼
친구가 버려둔 걸음과
눈 먼 울음들이 스쳐 흐른다

적막하고 쓸쓸한 희망처럼
낭떠러지에 매단 마흔처럼
밤길 어느 갈피에서
친구는 나를 기다리고 있을 것이다

—「당나귀를 위한 시간」전문

시인에게 마흔은 세상사에 미혹되지 않는 불혹의 나이가
아니다. 그건 공자와 같은 성인의 체험일 뿐이다. 그에게 마
흔은 "텅 빈 독 같은" 허무함이다. 낭떠러지에 매달린 "적막
하고 쓸쓸한 희망"이다. 더 이상 후퇴할 곳이 없는 중년의 시
작이다. 그렇다고 희망을 포기할 수 없는 청춘의 끝이다. 그래
서 시인은 속울음을 삼키며 오늘도 다시 현실의 강가로 나가
그물을 던진다. "물고기 비늘만 묻은／성긴 그물을 들고"서.

꿈속에서 우는 날이 많아졌다

꿈인 줄 알고서도, 한참을

110

목놓아 울다 깨면

다시 울음이 생긴다

물고기 비늘만 묻은
성긴 그물을 들고

다시 강가로 나선다

—「마흔」 전문

　　이 올 풀린 투망을 든 어부의 모습에서 "먼 바다의 파도처럼/양볼이 수줍"던 노인이 오버랩 되는 소이연은 무엇일까? 욕망의 집착을 버린 '늙은 아이'는 감성이 풍부해 눈물이 많고 마음이 깨끗해 부끄럼을 잘 타기 마련인가 보다.

마흔의 나는 다만
아이의 그늘에 한쪽 발을 적시며
매일 밤,
먼 구름의 행적만 옮겨 적는 게
일이다

—「우주의 가난」 부분

③의 직유는 난해하다. 우선 '노래'와 '발목' 사이에서 유사성을 찾기 어렵다. 둘 사이에 깊은 의미의 심연이 가로놓여 있다. 그러나 시인은 그 사이에 과감히 직유의 다리를 놓는다. 여기서 시적 긴장감이 스피디하게 고조된다. 은유가 감당할 수 없는 생산적인 효과이다. 우선 노래의 사연을 보자. 여기 한여름 거리에서 노래하는 반백의 사내가 있다. 그는 프로 가수가 아니다. "자꾸만 삐치는 음을 천연덕스럽게"(「팔월의 악기」) 어르는 어설픈 노래를 경청하는 사람은 드물다. 시인만이 유일한 청중이다. 이렇게 보면 그는 슈베르트의 가곡 〈겨울 나그네〉에 등장하는, 세상에서 가장 초라한 거리의 악사를 연상시킨다. 시인은 그의 노래에서 생의 고통과 비애를 감청한다. 그리고 상상한다. 여기 밤새 터벅터벅 사막을 횡단하는 낙타의 수행이 있다. 낮 동안 뜨겁게 달궈진 모래 속에 부단히 발을 넣다가 뺐다가 다시 넣는 고독한 짐승의 발목이 있다. 이 연상 직후의 시적 유추가 직유의 다리를 축조한다. 거리의 악사의 "높낮이 없는 노래들"은 "밤새 사막을 건너온 짐승의 발목"과 흡사하다는 성찰이 둘 사이에 '처럼'이라는 직유의 연결고리를 놓은 것이다. 여기서 청각(노래)과 촉각(모래)과 시각(발목)이 공감각적 환상을 창조한다. 이렇게 직유로 이어진 노래와 발목은 술어의 부연을

통해 재차 시적 아우라aura를 증폭한다. 오랜 순례의 고난으로 인해 생채기 난 짐승의 발목을 닮은 악공의 노래는 "시퍼렇고 무르다". 그의 노래는 시퍼렇다. 여전히 포기할 수 없는 생의 의지가 가락에 스며 있기 때문이다. 자신의 비루한 숙명을 껴안고 가려는 운명애amor fati의 기운이 노랫말에 서려 있기 때문이다. 동시에 그의 노래는 무르다. 황량한 현실의 사막을 관통할 수 있을 만큼 야무지지도 단단하지도 않기 때문이다. 그의 노래는 세상에서 가장 여리고 약하기 때문이다. 시퍼런 항명抗命과 무른 순명順命의 변증법적 교호交互! 바로 여기서 김병호 시 특유의 서정적 비극의 숭고함이 발생한다.

　　늙은 마술사의 비둘기처럼
　　통점을 지닌 기타
　　저녁 아래에서만 두근거리는
　　심장

　　구겨진 입술의 사내는
　　구름 밖으로 창을 만들고 사다리를 놓는다

　　　　　　　　　　　　　　—「팔월의 악기」 부분

　악사의 연주는 절대 멈추지 않을 것이다. 악사의 기타 속

"심장"은 계속해서 탄주되고, 반백의 사내는 부단히 현실 저편을 동경하며 "창"을 내고 "사다리"를 놓을 것이다. 거리의 악사의 경우처럼, 동경과 낭패, 의지와 우울, 희망과 슬픔의 부단한 길항에서 발산되는 생의 에너지에 대한 성찰은 이번 시집의 주조음이다. 요컨대 슬픔은 희망의 새 물길을 찾는 힘들고 괴로운 노동이다. 슬픔은 망망한 생의 고해苦海 위에서 실존의 일엽편주를 나가게 하는 노역인 것이다.

제 몸에 새긴 비문을 따라
사내는 어디로 흐르는 걸까

슬픔은 노역이다

다 닳아버린 신발에 숨어
새벽길을 나서는 저 사내는
어떤 슬픔으로 새 물길을 찾아야 하나

바람과 파도와 태양과 사내를 실은 배가
서서히 나간다

서리 내린 물가의 집으로 돌아가는 어부들같이
배 한 척 지나는 자리, 천천히 환해진다

—「서리 내린 물가의 집」 부분

슬픔과 우울과 비애가 연대하여 개척하는 생의 항로를 소
박한 언어로 아름답게 형상화한 작품이 「어떤 궤도」이다.
"자전은 살아가는 징역의 슬픔"이다.

텅 빈 초등학교 운동장 한복판에 사내가 서 있다 살을
맞고 비틀거리는 짐승 같다 사내의 하루는 발을 잃어버
린 새들이 맞는 낭패에 가장 가깝다

사내의 쌍둥이 계집아이들은 벚꽃이 다 져도 보이지
않는다 다섯 발자국도 떼지 못한 채 사내는 걸음을 멈춘
다 지나가는 새의 그림자가 단단히 사내를 묶는다 사내는
아득한 바람 사이에 걸쳐져 있다 지워진 계집아이들의 이
름도 낮달처럼 걸려 있다 사내는 제 몸이 지닌 가장 아름
다운 궤도로, 이젠 제 것이 아닌 몸을 밀어본다

자전은 살아가는 징역의 슬픔, 사내의 걸음에 맞춰 지
구가 움직인다

—「어떤 궤도」 전문

지금까지 살펴보았듯이 김병호 시인에게 직유는 수사적 장식의 단계를 넘어 인식론적 차원에서 기능한다. 그에게 직유는 형식과 내용을 통합하는 시적 매체인 것이다. 이와 같은 직유의 생리와 연동하여 또 하나 주목해야 할 측면이 있다. 결론부터 말하자면, 직유의 원리는 사랑의 원리를 닮았다. 사랑이란 무엇인가? 사랑은 관계의 변화 속에서 지속을 추구하는 힘이다. 사랑을 통해 독립적인 두 개체는 서로의 경계를 지우며 하나의 세계를 건설한다. 우리 삶의 무대에서 이성(동성) 간의, 개체 간의, 집단 간의 차이에서 동일성을 '지향'하는 사건이 바로 사랑의 실체이다. 지향은 완성이 아니다. 텔로스telos로 가는 영원한 미완의 도정이 지향이다. 사랑의 본질은 은유와 같이 두 주체를 일자로 통합하는데 있지 않다('A는 B이다'라는 은유의 법칙에는 동일성의 폭력이 전제된다). 그것은 애초부터 불가능한 정언명령일 뿐이다.

  사랑의 진리는 엄격히 분리된 '둘'의 진리이다. 그럼에도 불구하고 둘의 진리는 '하나'이다. 여기에 사랑의 패러독스가 있다. 알랑 바디우가 사랑을 "둘의 관점에서 행하는 세계에 대한 탐색"(『조건들』)이라고 말한 맥락은 여기에 있다. 사랑에 빠진 둘이라는 주체는 예전과는 전혀 다른 방식으로 세계를 해석한다. 둘이 연대하여 바라보는 세계는 차이를 통해 동일성을 모색하는 세계이다. 이 사랑의 이치는 직유의 원리와 흡사하다. 서로 자율적인 두 사물과 관념 사이에서 유사성을 애면글면 찾아가는 직유의 노력은 사랑의 절차와 유사한 것이다. 두 사물과 관념을 잇는 직유의 비교조사 '같은 혹은 처럼'은 둘 사이의 차이를 인정하면서 동시에 하나를 지향하는 사랑의 본질을 언어학적으로 체현한다. 「겹」은 이런 사랑의 본질을 상징적으로 형상화한 수작이다.

꽃나무 한 그루
가지마다 마음을 묶었다

슬픔이 슬픔을 깨치지 못하고
어둠이 어둠을 깨치지 못하듯

잔구멍 많은 바람이
꽃 지운 뿌리마저 붉게 물들이는데

닿을 수 없고
만질 수 없어
돌이킬 수 없는

오늘은, 아무래도 내 말이
꽃나무에 닿지 않겠다

닳아버린 기도처럼

꽃나무가 뜨겁다

—「겹」전문

'꽃나무'와 '나'는 서로 다른 독립적인 주체이다.(사랑의
진리는 엄격히 분리된 '둘'의 진리이다.) 하지만 꽃나무는 가지
마다 나를 향한 마음을 매달고, 나는 꽃나무에 가닿고자 마
음을 한곳에 모은다.(그럼에도 불구하고 둘의 진리는 '하나'이
다.) 하지만 꽃나무와 나는 영원히 일자가 될 수 없다.(여기에
사랑의 패러독스가 있다.) "닿을 수 없고/만질 수 없어/돌이킬
수 없는// 오늘"의 슬픔이 사랑의 숙명이다. 그럼에도 불구하
고 나는 꽃나무의 마음을 열고자 기도한다. 꽃(나를 향해 묶은
마음)나무는 나를 향한 간절한 열망으로 여전히 뜨겁다. 이와
같은 사랑의 본질이 마지막 연의 직유로 결정화結晶化된다.
"닳아버린 기도처럼/꽃나무가 뜨겁다". '닳아버린 기도'라
는 표현이 암시하듯이, 나는 영원히 꽃나무에 가닿지 못할지
모른다. 결코 하나가 될 수 없지만 하나가 되려는 무한한 동
경이 마모된 기원祈願("닳아버린 기도")의 실체이다. 차이와 동
일성이 낳는 이중적 모순이 사랑의 핵자核子인 것이다. 시의
제목이 '겹'인 이유이다. 그러므로 사랑은 서두를 일이 아니
다. 조급하게 도달할 생의 목표가 아니다. 결코 하나가 될 수

없는 사랑의 슬픔을 겸허히 수용하면서(달관하면서) 미완의 사랑에 온연히 대응하는 일이 사랑의 과제이다. 사랑은 결코 영원하지 않다. 사랑은 아무렇지도 않은 듯이 예사롭게 우리 생과 더불어 시나브로 나이 든다. 그것이 진정한 사랑이다. 그래서 시인은 쓴다. "사랑도 태연히 늙었다"(「사랑의 소멸」).

　사랑은 둘 사이의 차이를 거듭 확인하면서 동시에 하나를 향한 지속적인 지향의 마음이다. 　김병호 시인은 사랑이 움트는 황홀함을 예찬하지 않는다. 그렇다고 실패한 사랑의 남루함을 냉소하지 않는다. 시인은 사랑이 지속되는 하나의 구축임을 잘 안다. 알랭 바디우는 사랑의 본질을 이렇게 말한다. "최초의 장애물, 최초의 심각한 대립, 최초의 권태와 마주하여 사랑을 포기해버리는 것은 사랑에 대한 커다란 왜곡일 뿐입니다. 진정한 사랑이란 공간과 세계와 시간이 사랑에 부과하는 장애물을 지속적으로 극복해가는 그런 사랑일 것입니다."(「사랑예찬」) 그렇다. 사랑은 타자를 향한 간단間斷 없는 나의 지향이다. 이 시집의 대미에 '검은 구두' 한 켤레가 놓여 있다.

고속화도로 갓길에
누가 흘리고 갔을까

굽 닳은 초승달처럼

눈물 잃은 울음을

저 울음을, 벗은 맨발은
어디를 딛고 있을까

눈물을 신으면
따라갈 수 있을까

—「검은 구두」부분

   고속화도로 갓길에 나뒹구는 낡은 구두만큼 세상에서 간
난신고한 신세도 없다. 누구도 주목하지 않는 먼지투성이 고
아. 하지만 이 버려진 구두에도 사랑의 사연이 있다. 자신을
떠난 맨발을 향한 지고한 그리움의 내력이 있다. 이 지향성
은 구두의 마지막 자존이다. "따라갈 수 있을까"라고 묻는 지
속적인 지향은 구두의 존재의 이유이다. 이 구두의 절박한
사랑의 여정이 2연의 직유에 고스란히 담겨 있다. 굽 닳아 휘
어진 구두는 외형적으로 초승달을 닮았다. 동시에 상실한 대
상을 향한 구두의 비애는 더 이상 흘릴 눈물이 남아 있지 않
은 텅 빈 울음과 같다. 그래서 구두는 "굽 닳은 초승달처럼/
눈물 잃은 울음"이다. 울음을 흘리고 간 맨발을 찾는 구두 앞
에 "공간과 세계와 시간이 사랑에 부과하는 장애물"이 놓여

있을 것이다. 구두는 결코 맨발과 상봉할 수 없을지 모른다. 그럼에도 불구하고 구두는 포기하지 않을 것이다. 이 간절한 사랑의 진정성이 시적 화자의 마음을 움직인다. 그래서 시인은 이 구두를 대신 신고 구두를 흘린 사람에게로 달려가고 싶어 한다. "눈물을 신으면/따라갈 수 있을까". 이것이 시인의 애련이다. 길가에 버려진, 아무도 거들떠보지 않지 검은 구두가 품은 속울음과 연정을 이해하는 마음이 바로 시인의 사랑인 것이다.

결국 여기까지 왔다. 김병호 시인은 직유의 시인이자 사랑의 시인이다. 김병호의 시세계에서 직유는 사랑의 형식을 규정하고, 사랑은 직유의 내용을 채운다. 직유는 사랑의 요람이고, 사랑은 직유로 꽃핀다. 요컨대 김병호 시집 『밤새 이상을 읽다』는 직유와 사랑이 서로 사랑을 나누는 파르나소스parnasos이다. 그곳에 직유와 사랑이 연대하는 아름다운 풍경 locus amoenus이 있다. 그곳으로 서풍의 신 제피로스zephyros가 창명滄溟한 서정의 입김을 불어 넣는다. 편서풍이 분다.

음이월의 밤처럼

이름도 없이 마음도 없이

지나가는 동백 한 가지

너의 기다란 목덜미를 견딜 수 없어

내 뼈들도 휘기 시작했다고, 하면 안 될까

사랑이어도 속삭일 수 없고
아픔이어도 말할 수 없는
검은 가지 저편의 절벽

마지막 표정을 만드는 저녁마다
누군가 그림자를 거둬들였다고, 하면 안 될까

서편에 스미는 동백 한 가지
마른 발자국 안에서 저녁을 기다린다

창 많은 바람이
목숨처럼 감싼다

단 한 번도
많은 사랑이다

—「편서풍」전문

김병호 시집

밤새 이상李箱을 읽다

초판 1쇄 인쇄   2012년   10월   23일
초판 1쇄 발행   2012년   10월   30일

지은이 | 김병호
발행인 | 강봉자
펴낸곳 | (주)문학수첩

주소 | 경기도 파주시 회동길 192(문발동 513-10) 출판문화단지
전화 | 031-955-4445(마케팅부), 031-955-4500(편집부)
팩스 | 031-955-4455
등록 | 1991년 11월 27일 제16-482호

http://www.moonhak.co.kr
e-mail:moonhak@moonhak.co.kr

ISBN 978-89-8392-460-5 03810